海誓

凌性傑

推薦序

南方有信

言叔夏

多年蟄居他方，在幾個城市間流轉，偶爾想起高雄，竟是一片煙霾。那煙霾和港區櫛比鱗次且終年冒煙的工廠煙囪無關，和沿海公路下班車潮那密布的機車排氣亦無關。不知是否記憶的久遠，回想起來，那沙沙的聲響不是粗礪的吹沙走石，而是泛黃畫片的雜訊，沙畫般地，用粗顆粒子拼起的臉：幾個名字，幾張五官早已四散的臉，幾段和十六七歲有關的回憶。因為回憶裡的人皆不知流向何方了，於是那回憶成為我獨有的，像是某種災難後的遺跡，什麼也沒有發生過；那和南方那靜止地像一顆皮球凝固的午後想必是有關的罷；午睡醒來的操場靜悄悄地，整個校園是一窟洞；而第八節課是最寂寞的。許多住在市區的同學回家去了。只有遠途等待校車發動或補習班開門的人，三三兩兩地散落在教室裡，趴在老舊的課桌上。高雄的寬街闊巷，傍晚時就有來自海上的風穿街過巷，將城市吹得鼓脹起來，像一隻透明的泡泡。因為離海太近的緣故，我始終沒有真正在放課後抵達過一片海。因為海在耳殼裡渦旋迴繞，有時湧伏，會讓人莫名想哭。

那時的我並不寫作，或該說並不「真的寫作」。寫最多的是信。用老式文具店買回的香水信紙一字一字刻著。比起寫些什麼，更在意字寫得好看與否。而同一個字在紙上反覆練習十來遍，那字也會變得不像它自己。同一個名字也是。

很奇怪地，讀《海誓》的時候，我總有一種錯覺：這是我年少時代在車窗上抄過的那條街吧。這是那班我從未搭它抵達過任何一座海的公車。這一定是我沒有遇見過的那個人了。那座海岸的長堤。還有那走不盡的過港隧道。那海最後去了哪裡了？這樣的探問，如同那些刻在鹽柱般的詩集裡的字——海的那邊是什麼／你有沒有看見？／天空比我的心還灰／你有沒有看見？苦苦追索著一個地平線彼端無解的答案，幾近天真；而那是只有在這樣的一座濱海之城的濱海街道上長成的年少，才能有的那銀鈴般落地的聲響罷——這是第幾日？／等一等，就要有光／光年漫過，我們／走向永不改變的／暗房。又或者是那城市郊山的一條輕易的山路，明明隨即可後悔回返，那起頭的手勢卻是偏執——

> 這裡是哪裡？／我們在哪裡？／迷失在熟悉的山徑中／我擔心會有午後雷陣雨。

這些句子，琮琮發亮得像一塊年輕的玉石，彼此敲擊，發出純粹的聲響。讓人讀著讀著就想仰起臉問：你也在這裡嗎？你會從海的那邊變成魚過來嗎？奇怪的是它的聲調抒情，卻毫不沾黏抒情的黏膩渣滓。我想那是因為這個仰角溢出的光暈並非僅是純情與青春，有時更像是一種祈禱，可以攜帶至任何一個年歲。在第八堂課的校園某個角落裡，拼著花瓣，將一日埋藏在只有自己為之命名的場所。它讓人想及開始寫詩的年紀，只是為了在信中夾藏一箋字，給或不給一個人，密碼籤詩一樣地將願望折疊再折疊，賭氣地不讓人看透心思。

和性傑真正見到面的時候，已不在南方了。像年少時許多在煙霾裡聽過的名字，十數年後，在另一個城市遇見，像是沿著各自路徑傾巢逃竄的蟻。在那條他戲稱為「男孩路」旁的博物館，二樓的咖啡座，窗下就是植物園裡夏末的殘荷，垂得枯敗。應是為了某個訪問之類的工作，我們兜繞著一本書裡的文字與地景打轉。問他再回不回高雄？他有一個難以解讀的微笑。

重版的《海誓》歷經了它自己的光年，或是離開海濱之前的最後一哩路，以之為記，告別的何止僅是一座海？畢竟關於南方的提問，最後都是命運。

二〇一七年十月二日，於東海

7 / 6

目次

卷二 夢時代

卷三　青春沿岸

卷四　在我們的島上

卷一

海誓

海誓——給世界唯一的你

歡樂的命運我們擁有
每一天，潮汐定時漲落
每一隻水鳥找到迷路的方向
每一艘船讓自己發懶、打鼾
夜航的客機在我們頭頂上
在星星與月亮之間
穿越三千多個春天
帶走那些被調暗的藍

如果可以，我想回到你

身邊仍然空曠的記憶
回到我們陌生而羞怯的身體
語言是存在的語言
雨滴是天上的雨滴
我們偶爾感到憂愁
只為了分辨喜歡與愛
願意或是不願意

重要的是，時間的海
還有那些寫在水上的字
只有經得起洗磨的
才能存放在這裡
十九歲的告別已經模糊

當時沒有岸，我只記得
我們說了好多洶湧的話
胸懷之中好多洶湧的理想

住在活生生的身體裡
開始懂了，也相信了
我們擁有命運的歡樂
是世界中的唯一
你就是我，最孤獨的海
你就是我，最艱難的信仰
世界上唯一僅有的花
世界唯一的你

漁人碼頭夜話

酒瓶已經空了
出去打撈往事的船隻
也都靠岸休息了
你跟我討論
永恆的時候
煙火在黑暗中
開出許多奇異的花

這就是令人悲傷的
永恆了嗎？那一天大雨沖刷

記憶，時間把手臂張開
所有的神都住在細節之中
面對一重大海我們好奇
坦誠與和諧能否並存？
高更在大溪地說過
「唯在愛中，才有快樂」
快樂以外，此刻
我們什麼都不願擁有

若是有吉他在手
我就可以為你
用聲音的網
捕捉整晚的星光

過港隧道

我不要住在
這個奇怪的身體裡
一邊通向未來
一邊連接過去
腦海一片湛藍
血管裡有潮汐

這個身體住在
不曾停止的毀壞裡
成為世界的局部
每天迎接一些偶發事件

有時也會幻想著高興
一個火星人來到城市地底
微弱的訊息無法發出
像夜晚的車聲慢慢散去

柴山閒步

這裡是哪裡？
我們在哪裡？
迷失在熟悉的山徑中
我擔心午後會有陣雨

母猴帶著小猴
取走我手中的零食
猴王睥睨君臨著
在他自己的王位上
暗暗得意

我們能到哪裡去？
總是這個問題
讓生活塗上疑慮
期待幸運草沿路
打開未知的神祕

進入永遠是神祕的
被更深的愛著也是
永遠是神祕的
而這裡又是哪裡？
等我們終於分辨清楚
岔路會通往何處
汗水滴自眉梢與髮隙

星球飛過蝴蝶
挾著所有草木的香氣

乾淨

海的那邊是什麼
你有沒有看見？
天空比我的心還灰
你有沒有看見？

思想輕微，遠方的海浪
來回推移著整個下午
窗台上草本植物與往日
為著快樂而搖晃

面向無人的街道我們
聽著寂靜在耳朵裡泅游
我們不說話的時候
就有不說話的美好

心室與心房被時間
填滿，我們住進彼此
時時不忘清洗，為了
某種所謂將來，所謂
人生的理想

那邊

音樂跟霧水都已足夠
夠我們帶著抵達
眾生無法流淚的角落
還有一片草原可供悲傷
我們存在其間

在路上

別擋住我的太陽
這裡沒有音樂
沒有過多的理想
在生命的外邊誰會問
一條路通往何方？
什麼夠把行囊裝滿？
我只是需要多一點溫柔
一點點丟失的堅強

你是我的命運

穿越普通的生活
話語中的星塵
在你的屋中我聽見
時間在呼吸，陽光
占滿床單，這一刻
你是我的命運
把宇宙的鎖孔打開

也曾安睡，也曾看見
萬物生長在迷宮中

夢中沒有地圖
我們沿著月光往前走
你就是我的，命運
用掌心抵著掌心慢慢
就能捏塑熱情的形狀

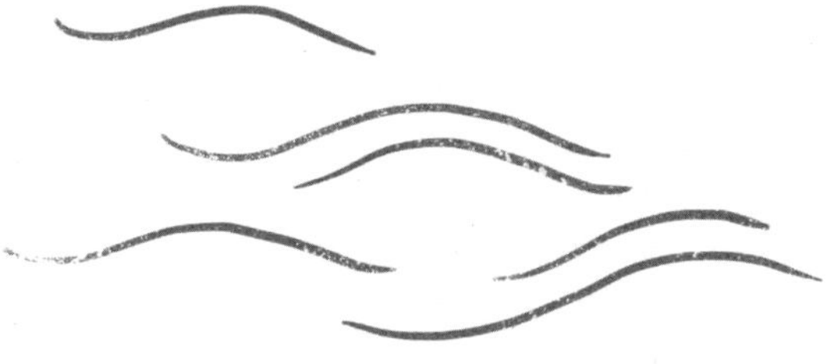

我睡在你的呼吸裡

往事已沉落，我睡在你的呼吸裡
你的眼睫為我圈住一則神話
一個夢在草原上，星光開始流浪
流浪到此，無花果樹有了花與果實
那幾乎就是從你到達我的距離
我們之間只隔一層肌膚用心跳交談
也幾乎就是從你到達我的時間
一個一生與另一個一生重疊
我變得沉默，相信總是無法解釋的那些

如果我不在這裡，就像是不曾活過
五月的櫻桃仍會好好的長著嗎？
你會願意記得嗎？什麼叫做自然而然
一切發生學的假設唯有嘴唇知道
雨下在我們喜愛的故事之外，所有的雨
幫我們把世界滴落遺忘。所有的
遺忘讓我更相信在無常裡
幸福就是對重複有渴望
我想起不曾有你的那些天氣
日子只是過下去而已
當你一腳踩進我的夢，我想跟你走
走到兩雙鞋沾滿泥土，終於又回到
生活。我在說夢話時還有你的手可以握

你的呼吸裡也有我的呼吸
這是我們慣用的祕密，某種語法
結構已經涵括了聲音與意義
無所事事的夜我把一生的憂患
收納在這個沒有名字的房間內
一定是同一人，一定是同一個目的
教整個宇宙拉滿琴弦，胸膛吟哦著
靈魂樂。我與你也只有一個真理、
一段歷史，頂多是兩種敘述
不曾隱瞞每日，每日的光裡
讓我想一想，什麼才是必需
越過意義的河流我便忘記
橋下的水聲。機遇之歌

將世界的燈火都捻熄
我們如此相遇

我們如此相遇然而
黑暗的呼吸裡我們睡去
此刻我們擁有最安全的門鎖
你知道什麼是唯一的密碼
再也不屬於生命的都消失無蹤
我可以記住天上的候鳥如何回家
我可以記住萬物的時鐘如何轉動
沉落的往事，換成低低的鼾聲
然後是偉大的靜默了，然後是
不曾發生過的神蹟，然後是……

今日有河

今日有河。有河慢慢流
慢慢將海水吞下又吐出
天空隱匿了自己的身體
陽光閃到地球另外一邊

每一隻水鳥都有所事事
記得每一次漲潮每一次
拍翅膀抵抗墜落的時間
牠們或許知道我也想飛

或許知道我，停在角落
關了機跟往事暫時失聯
船都浮起來了啊這世界
今日是一條河失去方向

我相信

外面的世界還有許多
煙火，還有許多如果

我知道在自己的房間裡
又將夢見什麼：
沒有名字的天空
情感與思想都靜默

關上燈以後，仍樂於相信
那些會流淚的星星

西子灣詩簡

你把時間打開了嗎
轉動了生存的鑰匙之後
誰會看見我們
我們的祕密
又會藏在哪一個袋裡？

誰會記取
夕暮時的理想
一滴淚若是
落在海上

誰又會珍惜？

誰是誰的命運
誰會擁有誰的夢
說親愛的請不要相信
漸漸遠去的潮汐
漸漸疲倦的眼睛

這時也沒有誰
可以用完整的沉默
告訴我第五個季節
最後放在哪裡？
你的海洋在哪裡？

渡輪

他們往返夕陽
彷彿是神祕
海鷗在汽船旁
發出複音

那時沒有以後
以後也不會有

夏天帶著我們靠岸
看見第一隻
發現時間的水鳥
從高溫的夢裡醒來

我們從此到彼
又從彼到此只有
暈暈的，光的波動
暈暈的，氣味的催眠
暈暈的，潮水的上下

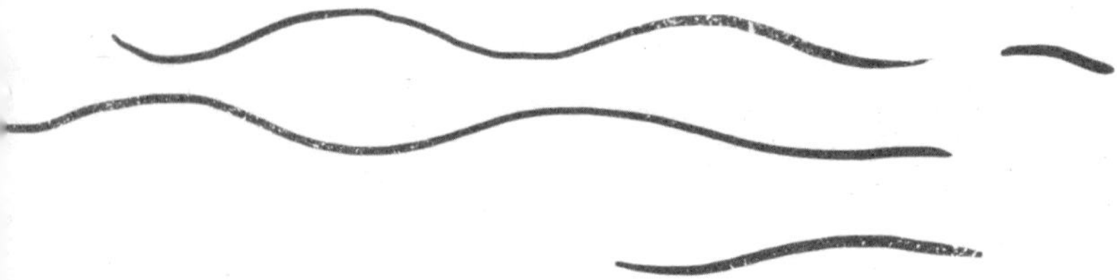

植有木棉的城市

這裡是南方
植有木棉的城市
高溫的天空中
寫著我所有的祕密
為了與愛分離
我終於理解
遺忘的艱難
那些任性的花與葉
都跟我有血緣關係
還有另外一些愛

我不知道怎麼證明
或許，那與血緣無關

我也曾經懷疑
一艘船如何認識自己
一朵雲如何改變
流浪的目的
一個碼頭如何和所有
海浪互相屬於
無從選擇的我和你
我們的相遇
像一粒種子
一絲絲飛絮

從樹身輕輕抽離

誰在樹下凝視？
試圖記取
語言與事物的秩序
微笑著的倫理
我相信沒有什麼會消失
只是存入了過去
在下一個街角
那個飛奔的少年如我
在祝福中告別
在春天忘記

後記：

我喜歡港都街頭盛開的木棉花，在陽光燦燦之中，有一股勃發的生命力道。木棉是這個城市的象徵，脫落繁華以後另有繁華，在風中撒絮的輕盈姿態中，隱藏了堅硬的意志。在我眼裡，那是自我的追問，一種不需要名目的生存。

卷二
夢時代

人生如此

C'est La Vie——法文，人生如此之意

一個太陽過去一個太陽升起
我要用一千個月亮的時間
才能除去心中那個字
把你放進無人知曉的抽屜

那條街道的鳥聲也無人知曉
除了你，
除了透明的天氣
我總是在睡前溫習
在跟生活學語
辨認每一個日子的聲與韻

也可以是辨認
日子的生與運
哪種語法最有正確？
要說明我也沒有辦法
只知道有些字母不發音
我寫著起起落落的字句

卻偶爾弄不清楚筆順

你也願意嗎？跟時間低頭
讓它帶著我們生活
因為已經遇見你，我
就無法倒退著走進未來
無法一輩子只愛一個人
卻可以愛一個人一輩子

不需要夢見你
我就知道兩個生命
如何一體
我們就是意義

最終的居所
最有溫柔的解釋

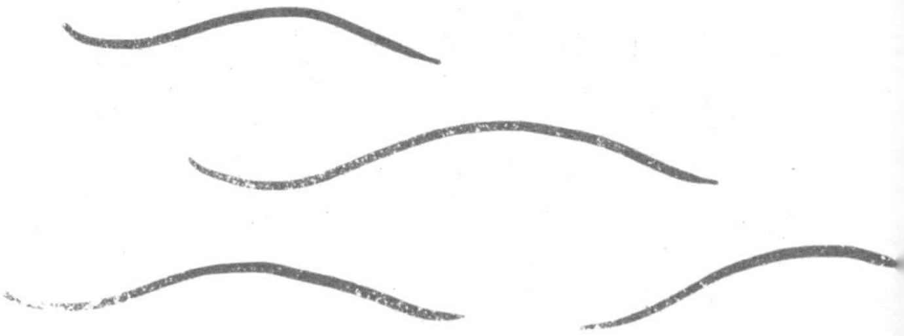

將來的城市花園

我說這個世界
我們的世界
花都開好了的時候
我就能夠想像
一種無憂無懼的生活
人們不會因為祖籍
與姓氏大打出手
兒童有不同的母親
叫做台灣、印尼、越南
菲律賓或是大陸……
他們在公共遊樂場上

說著各自的語言
玩著互相了解的遊戲

我說我們，還有這個世界
為了每天的快樂
要燒毀大麻與罌粟
燒毀相互鬥爭的信仰
除去那些自私的神
給陌生人一個擁抱
還要在我們的南方
躺臥，集會結社
讓夢中的煙火
把幸福的歌唱完

左營孔廟偶得

我感到無與倫比的巨大
因為那些被天命所成全的：
王位、冠冕，良善的政權
潛入夏日午後，樹影深深

陽光掀開我的眼簾
燕子啄去歷史的碎片
在萬仞宮牆與蓮花池
之間，在蟬聲與掉落的
時代記憶之間
我想著他只是一個人
一個人守著文明的道理

他贊成在春服裁好的時候
一起走向溫暖的水邊
非常喜悅的唱歌
與他喜歡的世界相對
只不過常常無法拒絕

世界的秩序剎那間傾頹
在流浪的路途中
用光最後一點存糧
他或許也這麼相信
擁有堅強靈魂的人
慈悲並不是一擊就碎

並不會一擊就碎的
教養與愛，倒影於水中
萬事萬物都相信於他
我願意與他從事同一種行業
卻無法不困惑幾千年
一個人怎麼變成神

思想成為宗教
身體變作廟堂
曾經，受自己的傷
也受時代的傷

神祕偶爾是不受歡迎的
我聆聽著美，天地陌生的美
聆聽恐懼、遠方的奧義
把精神與意志填進了
舊城的磚瓦隙縫
收起手中的素描本
小小的心願突然
變得巨大無比

木棉花開的日子

你攤開城市的微光
重新認識，自己的呼吸
在木棉花開的一季
說著沒人理解的言語

那飛絮讓人大聲咳嗽
辯論活著的問題
一切如此虛惘
卻又無比真實
那原是

沒有名目的生存
自我與時間的鬥爭

無力跟什麼拚搏的時候
就飄墜而下
你在美麗的毀壞裡
再一次發現
毀壞的美麗
那些日子揚起嘴角
獨自走進
發光的風裡

你從發汗的掌上
找到一顆迷路的種子
鬥不過輕盈
也鬥不過虛無
只能寂靜的停靠
縮成一個問號
你可以說一說嗎——
來自內在的東西
會不會贏得永恆

值得紀念的日子

今天是二月三十日
所有的淚水與憤怒
都不存在了
所有的傷害與耽溺
都走進沒有顏色的季節

窗外有冬天的風
遇上春天的雨滴
沒有陽光的角落
疤痕好像不見了

一顆心還能承受許多
一雙眼睛閉上以後
潛入黑暗
就可以聽到人們
在辯論正義與虛無

或許應該慶幸遺忘
來得太早
不記得的永遠
是未曾發生的事
這是二月三十日
我所期待的好日子

旗津風車公園獨坐

神殿矗立於它所在之處，
其中就有真理的發生。
——海德格

用身體與思想我能
迎接一切事物的發生
在時間大神面前

我喜歡囂張的氣流
風車轉動燦爛的夏季

這個世界我因此熱愛
沙灘沒有言語的延長
水鳥用溫柔的秩序列隊飛翔
陽光跟海洋都有了
成熟水果的味道
我要記得這一刻
衣衫飄盪，旗幟飛揚
生活在其中閃耀

原來一無所有的世界
因為運轉而有了力量
仰望著那些矗立我懷疑
它們是否需要休息？
是否需要一點真理？
寧靜的此岸
我要用陌生的思想
解釋疲倦的人生
或許在神的眼中
美麗本身就是
最實用的意義

夢時代

——高雄散文詩之一

大概很少人會像我這樣，隻身一人去搭乘摩天輪，兀自享受緩慢的上升與下降。商業文明撐起這浮華世界，鯨魚造型的建築體彷彿宣告著，一個海洋國家的誕生。小小的島上，有此為憑，彷彿便能騎鯨破浪，迎向無限的寬廣。若是再更自大一點，世界便是我們的了。我最怕聽到領航的人說，向前行，什麼都不用怕。因小自卑，以大傲人，很少人可以沒有這通病。然而眼前一切的誇說，都讓我心內惶然。

七彩光線輻射，閃爍，放出又收束，屬於一個時代的夢。我又想起青春期那幼稚的遊戲，站成一排，掏出陽具，什麼都要比一比。

到如今才發覺，沒有什麼可長可久。偉大的事物，也已經並不偉大。時代一再考驗青年，堅硬與持久的能力。下了摩天輪，把車開出夢時代，我希望再一次溫柔的鑽進你心裡。

星光碼頭夜飲

——高雄散文詩之二

手握著啤酒杯，我是可以不醉不歸的。無所事事的星期五晚上，這世界不再有傷心的歌。緊鄰的幾家夜店以爵士、搖滾相互抗衡，音符紛紛撞擊著心房。我選了戶外的座位，可以看大船靜靜泊靠，耳朵只聽海浪與汽笛嗚叫。碼頭名為星光，聽來纖細唯美，其實是粗獷雄放的。霓虹燈閃爍旋轉於其間，難免顯得惡俗。然而生活在此地，便無須分判雅與俗，我喜歡這個城市收容各種不一樣的理想，呈現多變的面貌。即使歷經了政局變遷，依然可以流血，可以衝撞。

與高中同學一杯接一杯的乾了，那些被生活打敗的熱情，卻怎麼也數不完。當年的我們，沒想過如何與時間鬥爭。唯當頂上稀疏，小腹微凸，才發現青春帝國一吋吋失守。反覆咀嚼十七、八歲的往事，世界隨著暈茫。子夜潮水緩慢退去，我說，這是我們的南方。

港都暴雨

——高雄散文詩之三

88號快速高架道路上，我把車上的音響開得很大，讓聲波往復激盪。雨刷以最快的速度撥去雨水，我在速限邊緣回到這個長養我的城市。雨水讓人逃無可逃，我希望能夠把油門踩到盡頭，任這個城市在腳邊傾倒。閃電從正北方打下，雷聲轟轟作響。世界上再沒有其他地方，可以像這裡一樣陽剛：鋼鐵與造船，經過鍛鍊的靈魂，革命加浪漫。穿行在城市上方，天際線隱而不見。這是莫大的幸福，不必想過去，也不必想遠方，更不用管虛無是多麼暴力。我只需要握穩方向盤，在出發與到達之間找到一種心安。

孤獨的旅程中，我看著天色變換，一切都要重新定位。這城市雨水狂亂，我想很快就可以給你消息，跟你說說這裡的天氣。心裡潮潮的，我很高興那些無家可歸的愛，終於有了去向。

西子灣碎語

——高雄散文詩之四

我總是喜歡這樣，無所事事的坐著，讓一片海天澄澈停留在眼中。喜歡世界搖曳，波紋一圈圈擴散。喜歡大船鳴笛，鷗鳥傾斜的飛翔。

念高中時，常用編校刊的名義請公假，逃掉不想上的課，無照騎機車來這裡閒晃、發呆。那是我拒絕這個世界的方式，消極的閃躲，不願意正面迎戰。功課是理所當然的差，感情生活卻極為豐富。沒有手機可以把玩、發話、寫簡訊，我用小紙片寫下私祕的心情，離開時付

郵投遞。那時候說想念，或許更是想念彼此身體交融，只是不敢寫出來而已。愛與喜歡究竟一不一樣？被這問題困擾許久，結果是體內的雄性荷爾蒙回答了我。後來對不同的人說過，這是我們的海洋，我們的港灣。而現在，不再是我們了。我彷彿只記得那些，破碎的話語，破碎的浪沫。

陽性城市

鋼筋水泥支撐我們的城
也安置我們的生活與靈魂

裡面的世界，有一種微光
一種不為人知的精采
裂解每一天

就又完成一次新人生
我們可以選擇生活
在有限的選擇裡
選擇，然後打印成
發票或清單

我們可以選擇
用不同泡麵的氣味
蓋住生活，我們可以
選擇更長的有效期限
安心的打開時間的罐頭
沒有什麼是值得懷疑的
除了睡眠以及彩色的夢

用傷害消滅傷害
用誤會去理解誤會
於是能夠相信
希望是不停轉動的星球
信心讓我們硬挺起來

星球不停轉動，傾斜的
希望，還有偏頗的愛

沒有被毀壞的

記憶中只剩下這些
沒有被毀壞的港
沒有被毀壞的霧
沒有被毀壞的黑暗
沒有被毀壞的心
沒有被毀壞的我

以及遠方
沒有被毀壞的夢
沒有被毀壞的神祕
沒有人想起的
一艘船

光廊私語

這是第幾日？
等一等，就要有光
光年漫過，我們
走向永不改變的
暗房。當然也有時效
提醒整城的璀璨
最後一顆星星幾點熄滅

我想告訴你
什麼、什麼都有預感
南方十字星在頂上
閃亮著遙遠的住所
我對你，只有一顆心
對世界，也只有一顆心
暫且不去想
島嶼南方，熱帶悲傷

敲打樂是燈火

咖啡杯是旋轉
黑暗是海夜是風
花是河流時間是安靜

然後我可以承諾
在你的唇
要完成的都已完成
該信仰的都已信仰

造船時代

他們說要有船
於是便有了船……

他們說要出發
於是便離了岸

他們看見沒有
懷疑只是飛翔的水鳥

他們每日練習演算
鋼鐵與經濟的重量

他們等待趁著潮水
推進一個時代的夢想

他們休息，然後繼續
打造神奇的第八天

依憑著港闊水深
他們理解，他們愛

物質生活

生活是物質的生活
一如建築是地上的建築

你是屬於我的你
一如河流屬於海洋

夜晚是世界的夜晚
一如時間在我們臉上

一碗飯是一碗飯

我們把過多的愛縫進被單
身體是死的容器
這城市有人曾積極的拆船

活下去只是活下去
我們沿著夢走到了現在

我的愛從不唯物
但裡頭藏有事物的核

我的愛也不唯心
只是把世界收納進來

受難曲

——為美麗島事件而作

沒人坐在身旁的此刻
我的靈魂屬於誰？
我摘下的玫瑰應該給誰？
這個無法想像的世界
持續的倒退與崩毀

那是多餘的淚水那是血
那是不再回頭的鴿子
那是靜靜垂下的雙手
那是一個使徒在作夢
那是空無的房間
不斷有人離開

後記：

一九七九年十二月十日，二萬多名民眾在高雄市集會，慶祝聯合國發表「世界人權宣言」卅一週年紀念會。這場演講集會，乃是為了表達言論自由，最後卻引爆警民對峙。政府甚至出動鎮暴部隊、催淚瓦斯，全面圍剿。當時所謂「滋事分子」不過是在紀念人權宣言，最後以叛亂犯的身分受軍法審判。這就是我所知道的美麗島事件，那一年我剛好滿五歲。

卷三
青春沿岸

青春沿岸

青春無岸而我們曾經
涉過一片星光，打開一個
理想主義者所該擁有的早晨
我們的愛自南方天空傾瀉
音符與事物流向唯一的海洋
那時沒有什麼渺小或脆弱
除了在時間中持續奔湧的
孤獨，以及記憶的浪沫

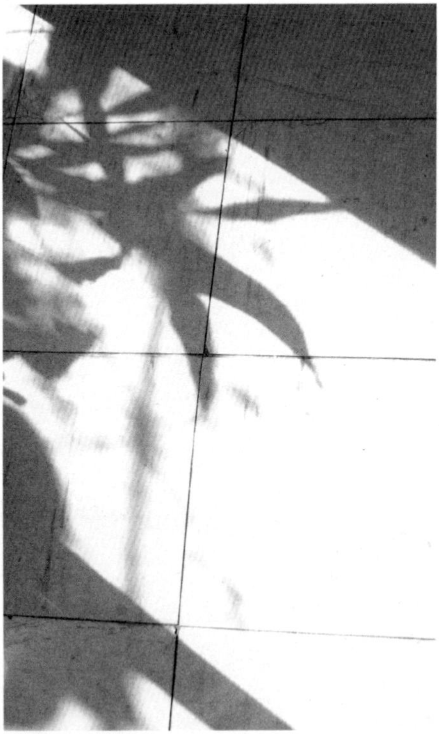

紫檀花影下

——記雄中以及十七歲

那時已經很遠
只有孤獨在自己裡面
身體常常發熱
停蓄一片時光海
外面的精采忽然打開
我們從片面理解世界
開始喜歡的憂鬱
都是限制級

我們從不計算校園裡的日子
也不在意那些樹怎麼稱呼
當樹影篩落了青春
陌生的金黃
才需要一一指認
那異國物種
堅硬緻密，適合觀賞
對陽光需求強烈
與我們一樣
信仰向上
迅速生長
思想抽高而暢茂

沒有淚水的時候
陽光清洗污濁的眼睛
沒有變得污濁的心
有一種簡單的透明
我願意記得所有春夏
黃色蝶形的花
有芳香，有聲響
寬翅莢果並不會飛翔
我們仍然信守
被南風吹動的祕密

我的青春港

——記高雄，兼懷故人

遠遠的，記憶的閘門外
一切事物變得緩慢而孤獨
昔日的黑暗
都被清楚的照亮了

無法回頭的我們
面對沒有岸的河流
尋找可以泊靠的地方
我們之間沒有船

沒有逆行的推進器
沒有風也沒有帆

有沒有誰聽見時間滔滔？
有沒有誰能撈起往事？
有沒有誰記得風的呼嘯、
夢想在水面上發光？

回不去了，你說
一定是想念太明朗
而等待不夠漫長
一定是，過去太美麗
空洞的心不夠記憶
我們胸口還有一片港灣

我的家在河的那一端

我的家在河的那一端
在以愛為名的河流沿岸

我的家在河的那一端
接近水的源頭與希望

我的家在河的那一端
河水朝著固定的方向
安靜的出發與抵達
我的人生卻常常改道

以致每一次回家
都得重新認識故鄉

我的家在河的那一端
在這個熱帶島嶼上
為我收藏過去
讓我成為一個有故事的人
讓我變得多話
讓我理解在著的美好

右外野的高飛球

——為立德棒球場而作

有人問手套裡有沒有愛
時間與寂寞如何飛行
如何用速度測量
自己與他人的天空

當打擊者揮棒
擊中任何形式的存在
這世界似乎全然靜止
變得虛無又多餘

彷彿沒有翅膀的白鳥
停駐在一瞬的夢中
這裡只剩右外野的湛藍
沒有什麼需要感傷

我會記得汗水與榮耀
終於發現有些聲音
抵達了永恆
有些記憶不斷飛出界外

後記：

任教於體育中學時，我的棒球隊學生常常來此參與賽事。我偶爾會抽空過來觀賽，忘情的呼喊。看著失敗或榮光，自己都無法置身事外。

立德棒球場，原名高雄市立棒球場，興建於日據時期。一九七四年，成為第一屆台灣區運動會的比賽場地。同年，河濱國小立德少棒隊參加美國威廉波特大賽，獲得第一座世界冠軍。一九七七年，立德少棒隊又為高雄贏得一座世界大賽冠軍。為了紀念這份榮耀，便將高雄市棒球場改名為立德棒球場。

一九七四年，我在高雄市出生。

高雄港夜霧

每次我想回到我的地方
就會看不清方向……

這季節凝聚潮濕
瀰漫一種溫柔的堅固
沒有地方棲息的候鳥
繼續在疲倦中飛行

酒館就要打烊
我的孤獨還沒闌珊
黑夜中滿是白霧
燈火停泊在遠方
帶著醉意的潮水
推擠著無風的熱帶

熱帶的憂鬱，我的心
比南方更南
比天空更寬廣
我不要再聽
虛無的琴聲
也不要再想
被放逐的歌唱

時間漸漸散去
我想回到我的地方

光榮碼頭聽禁歌

——七月十五日，解嚴二十週年，在光榮碼頭聽禁歌禁曲演唱會

如果是在二十年前
請不要為我唱悲傷的歌
也不要唱尊嚴、榮光、愛與身體
我不要心中的憂苦，被關起來的音符
以及曾經讓我祖父流淚的旋律

二十年前，如果我能聽見
請不要為我唱快樂的歌
那些不被允許的快樂

譬如熱情的沙漠火紅的青春
每一種跟自由有關的象徵

不能舊情綿綿
不能黃昏的故鄉
不能燒肉粽、橄欖樹
不能望你早歸何日君再來
不能雨夜花、四季紅
不能粉紅色的腰帶
不能路邊的野花不要採
寶島不能曼波
老歌手熟練的唱出假音
保證明天發生的事

今天不會再一次發生

我們欣賞時間的變臉
然而權力的趣味
我們並不了解
我只聽見了
已經失去的時代
已經失去那麼多沉默

通往過去的歌聲
推翻了真理的方法
永遠是這樣
愛需要愛的回應

時代需要時代的鬥爭
解嚴二十年後
好像誰也聽不見誰
只管自己大聲說話

或許這不值得懷念
我在遙遠的一九八七
躲進害羞的身體
進入青春期

流光書簡

——愛河夜航，致W

偉大的靜默裡
我需要你能繼續告訴我
關於神，關於神
對你說過的話語

在時間面前
我們低著頭
像一頭鹿
在獵人的槍下
像船桅斷折

像奧迪賽找不到家
在鏡子前你害怕嗎
每天被一莖白髮謀殺

或許我們應該放心
愛不會讓人兩難
在這沒有月亮的晚上
我擁有一座發光的碼頭
還有許多推進器的聲響
獨自把你放在睡眠中
用呼吸跟你說教
說我和你相遇的那一刻
已經和全世界相遇

港誓

關於愛，我願意學習
碼頭邊的拆船工人
努力修補壞掉的人生
陸地上的生活總是這樣
時時敞開著裂縫
而且缺乏想像

我願意學習，關於愛
以及無比奢侈的寬容
任由汗水跟眼淚滴落大海

希望有這個運氣
讓我陪你一起懷疑
一切合法的約定或是
太過無恥的美麗
航行的時候
如何攤開海圖？
如何帶著家鄉事物的味道
在另一個港口停靠？

我們暫時把身世
寄放在這裡好嗎
先讓我用身體發出
汽笛的聲響

讓每一吋航道
從此充滿歧義

我夢見我買了一艘遊艇
說要帶你去
去到一個被許諾的基地
轉著輪舵的我
在末日到來之前
不想給你放棄

後記：

寫這首詩的時候想起，二〇〇六年十月十九日的新聞：LV集團委託高雄市遊艇公司改裝完成的豪華遊艇「阿美達斯號」順利交船，傍晚時由菲律賓籍工作船拖往香港。二〇〇四年這家公司以三千萬美元承攬工程，寫下台灣遊艇業單筆訂單最高價之紀錄。近日在電視上重溫這則訊息，以及遊艇業的相關報導，對海洋國家的未來充滿想像。

因為，我與我的愛，也都是高雄製造。

紅樓屋簷下

——回雄中拾取當年遺落的

我的書包不見了
我的制服不見了
我的單車不見了
我的桌椅不見了
我的，走回過去的路
不見了

我從這裡開始想像
一座身體的樂園
一張過於巨大的地圖
我在這裡學會懷疑
假日需不需要有鐘聲？
鐘聲裡的口傳歷史

會送到哪裡去？
微風吹破了屋角的蛛網
誰來定時擦拭
未曾更換過的窗玻璃？

有庇護就會造成陰影
值得慶幸的我
靠在第二棟樓牆壁上
瘋狂的淋過雨
把一顆心打濕
把眼睛閉起——
我說要開始快樂了
肌膚向世界打開

完整的擁有
完整的把太過美麗的事物
輕輕放下

好像有人跟我說
會幫我把生命存放
在過去之中
從這裡得到憑證的
就不輕言
對人生繳械

卷四

在我們的島上

La dolce vita

——義大利文，甜蜜生活之意

為我親愛的那人而作

我也會在生活的此地說他國的言語
讓唇齒輕輕開啟威尼斯與天空

陽光下橫掛著棉繩晾曬那些
一再被生活穿上又脫掉的身體
那些笑聲隔著門窗閃耀
玫瑰盛開一天有好多次
在臂彎所及開始一天兩個人

我要去哪裡？我們要往哪裡去？
兩種問法都教我們的人生離題
花園裡的歧路使我對你充滿鄉愁
除了眼前所見，我們已然一無所知
那是我和你之間，也是我們之間
一個世界瀰漫水霧
還有模糊的香氣

這時候如果沒有我，你要去哪裡？
如果我忘記你，無法分辨什麼是
生活、什麼是日常，什麼是去去就回
你願意為我把那些過往的事物一一
命名並且貼上重新使用的標籤嗎？
讓我無知的快樂著，想像世界靜止
同一時間做同一個人你也願意嗎？

你不是我的、我也不是你的他人
雖然有時兩個人不代表我們
但是用皮膚就可以理解所有
形而上的問題，至於形而下的疑慮
則在不斷起伏辯證的左胸底

我伸舌舔著單球冰淇淋
那是整座佛羅倫斯，文明的天氣
或者歷史的陰雨。當我們
並肩走向一個叫做未來的地方
教堂頂端又傳出信仰與鐘響
我只是這樣一個人信你不疑

在我們的境內有一種神祕
有一種美好的抵達我不想忘記
我們翻譯著彼此，做著同樣的夢
有一把鑰匙可以打開所有的門
生活的甜蜜不在他方而在這
當下，讓我用聲音用簡單的思想

蓋一棟房子叫巴摩蘇羅，意思是
思慕太陽。哪裡都不想去了
就在這裡，餐桌上擺滿理想
我甘心在這裡把一生用完
就是在這裡，在睡眠之前
還有一點遙遠的光與暗
讓世間萬物安安靜靜
各自找到各自的房間

Je t'aime，在我們的島上

在我們的島上，有許多
我想告訴你的
神祕的地方：在大洋以西
如我懷抱的海灣
每一吋海浪拍擊著我們
陌生的語法說親愛的
這個世界，這就是人生
飛魚在陽光下
躍出憂傷。曙光鼓動
一萬尾鳳蝶的翅膀

那寂靜的森林在呼喊
時間的遺跡
在我們小小的島
要有愛的理由充滿

如果親愛的我說我自由的舟槳
始終離不開黑色的潮浪
浮游生物聚居在喜樂的場所
我要讓你聽見灰鯨在唱歌
牠們靠著聲納相互追隨
用力的噴出水霧
那是命運的集體
也是自己的孤獨

無法再擁抱你的時刻
我採集記憶和日照
哼著祖先留下的曲調
堅毅且果敢，漁獵於你不在的
任何方向。有時候瓶鼻海豚
靠近歸航的船，探出水面
旋轉著身體也旋轉著這個星球的重量
一顆汗水滴落，親愛的
你知道那就是了，我在這裡
日復一日完成生活的鹹與酸

我還要為你記得天空裡
所有的飛鳥。記住牠們的名字

指認牠們是一座一座
各自翱翔的島。然後告訴你我愛
這一日將盡，海面升起遙遠的星閃
你給了我沒有記號的海圖
微雨中我抵達一個黑暗的地方
南風吹起我又可以不自覺的向前看

在我們的島小小，有一個地方神祕
在左胸底下，有輕微的，愛的動盪

讓我帶你走

門打開了嗎，讓我帶你走
讓我們重新經歷命運
也看著命運再一次到臨
把鑰匙收進口袋我想
帶你走，走這單向的道路
希望與永恆在我們上頭

當然也有，哪兒都不想去的時候
床頭燈底下我們看萬物的相關
輕輕攤開的書頁還有想像
一切的理解都來自於閱讀
你想跟誰一起過生活？當我這麼問
我認識自己，你是否願意交給我
一雙手？手中的地圖在我們掌握

時間盡頭的雨來到窗前
窗外幾乎是全世界
全世界飄落的雨
沒有哪裡可以去也是歡喜
在屬於我們的居所我安然

收整一季冬衣，除去多餘的
濕氣。細小事物各有安置
爐火升起我們的一夜又一夜
我的廚藝還要充分練習

記憶受了潮，或許我們的
靈魂也要有霉味，身體開始
在關節處隱約的疼痠

還能去哪裡呢？如果可以
我要帶你走，走到生命的端涯
沿著海岸步道貼近這世界的邊陲
看船隻出發或歸航我們只是走走
走到所有故事可以重新發生的場所

那時只有你能對我這樣說了：
「時間之外如果沒有你
　時間之外如果沒有我。」

從來我就只是帶著自己生活
如果我們不帶著自己便無法
理解生活，日子如此完整
窗台上的草木仰著頭
你會帶我走嗎？往日的風裡
閃著微光，我喜歡那些隨口說說
讓不曾發生的未來帶著
我們，走

愛斯基摩小屋

還有一個地方
我們可以回去嗎？
當這世界拒絕美好
時間之外一切封凍

我想像我們的
未來，屋簷與磚瓦
連同來時的路徑
一片茫茫的白

眼中仍然輝煌，我們
用彼此的身體記錄身體
還有命運的到臨
獸皮底下有輕微的不安
雪屋中燈光悄悄漲滿

在我們之外
事事如常
獵人扛著槍巡行
北極熊與海豹奔竄

再靠近一點，我要
昨天的事陪我們度冬

或許再過去一些
我們可以輕盈的遺忘
這冰的世界，最真實的謊

面對事物自身，我們在
歡樂的呼吸
以寒冷阻絕寒冷
用愛忘記愛

寫給你的婚歌，在花蓮

順著時間大洋，晨曦升起快樂每一天
掌中寫著好多未來，人生的理想有了去向
男子在眾男子中，女子在眾女子之中
一如山巒各自靜好，歲月有淺薄的安穩
我用一紙婚書合法租借有你的幸福

我要為你喚醒海雨天風讓草葉青青
看河水滔滔東去，月光自峽谷流出
宴會所圍繞豎琴與長笛他們高聲談笑
他們舉杯讓我們知道愛要神聖也要世俗

酒食若是足夠，人生就可以少一點憂愁
奇萊山三月仍有瑞雪讓他白頭且沉默
我們不變的境內，雲霧暗中變幻相繚
在我的懷抱生活已經熟成可以與你共享
花鳥滿眼看啊這裡是命運的角落藏著
神祕與我們的無知，奶與蜜在這片土地
夠我們一日之所需，夠我們把一生用光

我要為你指認天上的星辰、空中的飛鳥
魚族在海洋，大地有百花放香。我落籍
在你身上，這靈魂的領地我要讓它豐饒
永遠的，永遠的此刻我對你有鄉愁
是你讓我變得有話好說，變得有一些話

說不出口。我能捏塑熱情與生活的形狀
且記得立霧溪與太魯閣的深邃與昂然
那先來與後到的都被山川諸神通貫

沿著日常和海浪，豐年祭的歌舞傳遞
我們熟悉的訊息。我要學會用各族的語言
對你說那些令人臉紅的字。我們擁有
我們便得到，擁抱著明天也要十指纏繞
我的嘴唇柔軟能讓所有意義找到依靠

一個人的雅歌

那是成熟蘋果樹的味道你在我懷中
那是鴿子咕嚕咕嚕自我們陌生的旅店
輕盈的飛起，那是你，我還有愛對你說
時間都已經開好懸崖上鐵砲百合在吹響
鳥兒在歌唱世界總有它開始的第一天

那是你的身體在我手掌底下潮濕膨脹
那是你的靈魂你允許我冒犯摩蕩
我走向了你的快樂，冬天已經過去
我在親吻，給春天一次次紅潤的解釋

我在愛只有你是祕密在心底開展

藍鯨組成合唱隊伍前往遙遠的海洋
日光閃耀葡萄園裡有葡萄種籽發亮
我慢慢伸長自己慢慢熱烈的纏繞
有你的每一天，我能夠說我願意我要
直到涼風吹起我們啊我們仍要擁抱

你是我的酒汁糖蜜你在我舌上旋轉
我愛你且用血液把自己與信仰充滿
蹬羚飛快奔跑，水鹿輪流前往草原
另一端。如果是此刻，我輕微我煩惱
如果你說我就能給愛的藉口小小

無人之父

——悼亡兒

在喧囂的此岸，我拋灑你
我拋灑你給天地給那一片湛藍
多風的船舷我倚靠殘餘的日光
我的思念隨船身傾斜又擺正
眼角持續酸楚微潮。要用多少夜晚
我才可以沉沉睡著做一個無夢的人？
什麼時候才能習慣自己已是無人之父
讓習慣成為自己的第二個靈魂？

讓我忘了你就是我，我血中的血
肉中的肉、夢中一個對倒的夢
讓我忘了風中所有訊息
沒有星星的夜晚雷聲與閃電並起
此岸的喧囂都留給我了，這無人的
此岸，是我與自身在辯解在分離

時間大床上，我汗濕了自己
鑽深黑暗的房間供你居留
你就是我源源湧出的快樂
潮濕的角落，溫暖已經夠用
猛力撞擊著無意義的時候
你就是意義在滋長在茁壯

此岸已經無人，已經沒有你了
這世界終究要繼續缺著角
你化為灰我把你還給這世界
無人支付，這最好的時光
我與你偷偷的把時間藏起來
勾著指頭偷偷說不會忘記

雨已經要開始下了，我就是你
最初與最終，最孤獨的幻影

無父之人

——為父親撿骨

日子過去了，靈魂是不是
也就過去？也就不需要想起？
戶籍中斜槓註記著你的不在場
證明你的存在以及消失都有斷限
你不在的房子裡面，有我們在
你在的房子，或者有蛇鼠螞蟻
與你同在。時間長滿雜草
也長滿了我靈魂的憂患
七歲那年偏遠的哭聲不再

如今我只有逐漸亂竄的鬍鬚
與你一樣。也有一些思想的茫然
在體內漸次成熟，衰老

我曾揮拳毆打同學，只因他說
哈哈哈你這個沒有爸爸的小孩
我曾一圈又一圈在空曠的操場奔跑
不覺生命的徒然。也曾吹響一把
清亮的直笛，用高音將自己擁抱
那就是造物者的魔術了，塵歸塵
土歸土，該模糊的都要模糊
有人說滴血可以認親，而我指認你
撿拾你、拼湊你，直到天空把黑傘打開

直到血與肉不再，而骸骨早已皚皚

我領受你，我貯存你，我把你的身骨
一一歸位，在春天的甕中封藏、告別
你給我姓名，我們給了彼此稱謂
你讓我在被命運流放之後又有家可回
你當年摸著我的頭，我現在輕輕放下
你的顱骨，任時間空洞、任時間荒蕪
我不會忘記的遠方迎面而來

明天以後

——為祖父守靈而作

究竟是怎麼一回事？一個夜晚
有一生那麼長，幻覺在心中漲滿
沒有人告訴我，沒有人看見
遙遠的上帝以及祂的手，沒有
誰在意這個世界誰已經無話可說

誰已經無話可說？誰已經
靜靜的躺臥。沉默充滿時間
大提琴始終在我們身後低聲拉扯

我不知道的事。我也不願意猜測
——乾淨的靈魂將會變成什麼
　清潔的精神又會變成什麼

如果這時候你依然體熱
黑暗來不及侵襲我的心
憂患的眾弦就不會張開
如果有意願，你會不會對我說——
生命不過是出航，存在不過是遠離
灣岸。面對一重又一重的浪潮
全速行進，朝向死亡之海

不過是，趁著黑夜你離開
你有你的帆、你的風向
你想不想念我最後為你鋪的
床單，上面還沾著我的手汗
你再也沒有什麼好擔心，再也
沒有什麼可以失去

你告訴我靜寂，這就是活著
這就是人生。生命裡好多事情
傷害與溫柔並存，愛與痛共生
你將繼續在我的故事中活著
在每一個明天以後

春日聽馬勒第九號

痛苦是什麼？痛苦是
我再也不願意待在這身體裡了

生之幻覺漲滿胸膛，又有
琴弦澎湃當我行經寂靜的長岸

或許是半個月亮照著舊日的槍傷
或許是一座海洋在胸口搖晃

我握緊拳頭手又張開，我親近
其他寂寞的身體，記憶要解離

世界吹起熄燈號之前，我
還要赤腳走進荊棘密布的花園

那時沒有什麼是痛苦的，定音鼓
有時遙遠，沉默掀起海嘯

該要想起什麼呢？在夢的最後
一個人用一生走入一個黑暗的房間

待在這房間裡我是再也不願意了
我的靈魂綻放，時間就要關起

冬之光

——焚寄李潼先生

1

此刻我需要一點殘忍
還有當下的美好
一點細小事物與溫柔無關

2

有風自北，帶來那些時間的藝術
星芒、上弦月、鄰家的燈火，此在

碇泊著船隻的港灣安靜微亮

3

燃起半支菸，我要用餘力慢慢
吐出煙圈。他確實已經離開，永遠
讓我無法繼續把一根菸抽完

4

我曾經唱過月落與日昇
理想的起降。而人生不過
一把老調，隨人兀自抑揚

後記

說聲我愛你

要完成的都已完成
該信仰的都已信仰……

天空是灰的，我時常在冬日的台北盆地想起南國的陽光。正在整理詩稿的時候，久違的伊打電話來。我到走廊上去講手機，冷風一直灌進我嘴裡。那頭的聲音一樣纖細、機敏，專心應和著我的胡扯或自嘲。我說三十歲以後熱情漸漸稀薄，壞脾氣好像也隨之削弱不少，變成一個比較容易妥協的人了。我們聊著一些無關緊要的話題，包括脆弱的牙齒、肥胖危機，以及討厭的壞天氣。終於在講了一個多小時後，伊才低聲說要告訴我一件事，原來已經辦好公證，預計要籌備婚宴了。只是話還未說出口，伊就已經哽咽。我心頭一陣牽扯，一邊還要極力安撫。我們分手後的生活，原本就距離遙遠。如今伊要走入另一個家庭，彼此的關係，又來到一段新的歧路。當然，很可能從此陌路。

這種情境我早該習慣了，要輕鬆應付照理說並不困難。對伊說別哭了，我那些莫名其妙的自信會一直陪著我的。我也會知道，什麼是重要的，什麼可以真正留存下來。有些事只要我相信了，便會一直相信。掛上電話前我說了恭喜，耳邊隱約聽到學校的鐘聲，不知道是一堂課的開始或結束。伊說還有一件事想講，卻不知道怎麼開口，那就傳簡訊吧。我回到辦公室，繼續扒完那變得冷涼的便當，嘴裡卻嚐不出任何滋味。同事在附近交談，所有聲音滑過我耳邊便散逸不見。日光燈下我心裡一片晃亮，後來手機簡訊果然浮現一句艱難的愛。因為都明白了，我可以繼續倔強，驕傲，勇敢，繼續認定我喜歡的那種人生。

我曾經試圖將與伊有關的往事自心頭挖空，任由那缺口迎受時間的風，將自己吹響。然而感情的事，不是看不見就能以為沒有。現在只能將過去輕輕拿起又放下，朝著未知前去。我感謝已經發生的一切，讓我有許多話好說。我將最真實的情感都藏在詩裡，將命運寫在自己的身體。好多年前，在我們最勇於下決定的時候，我問伊願意嫁給我嗎，伊拒絕了。各自認取了生活的模樣之後，我變得更加無牽無絆。於是幾年間我任性的休學、復學、出走、換工作，買了房子又賣掉，都是一個人高興就好。像是賭氣一般，接連做了幾個瘋狂的決定。唯一鄭重其事的，便是寫一本跟高雄有關的詩集。向來不受拘束的我，心甘情願自訂期限，把寫詩弄成一個大計畫。從春天開始動筆到秋天修整完畢，半年多來念茲在茲，生活過得一點都不詩意。

第一次有這樣的感覺，要給一個交代。以海誓為詩集命名，我告訴伊，這就算是交代了。

或許這更該是一部懺情之書，在山盟海誓都成幻影的時刻，我努力捕捉那些空無的情感。時光潮浪持續拍擊，形成了龐大的命題，讓我幾乎沒有任何抗拒的能力，只能發出遙遠的回答。回答什麼是命運，什麼是詩。

青春無岸，我在港都高雄經歷生命中最燦爛的時光。一九九〇到一九九四，我在雄中就讀。把雄中當大學念，算來也是特殊履歷吧。考上雄中的那個夏天，二姑丈送我一台機車做為賀禮。（其實我小學六年級就會騎機車了。）我很興奮的無照駕駛，馳騁在這寬廣的世界。能夠一直犯規，讓我覺得其中必有詩意。有了機車，我的生活空間一下子拉展開來，每天都在尋找新奇與精采，讓視野更遼闊。在這四年之間，我聽了不少流行音樂，讀了不少言情小說，受到大眾文化俗濫的感染。另一方面，從沒間斷的大量吸收古典文學的養分。曾有自認懷才不遇的老師，嚴厲批判我的詩濫情沒深度要我多讀書，甚至幫我開好指定閱讀書單。從此我更加厭惡，想要指導我的人生的大人。當時我不會分辨該與不該，只是明確的知道喜歡不喜歡。可能就是這樣，寫詩的熱情才會一直都在。

一九九〇年郭富城以一支機車廣告走紅，立即推出專輯「對你愛不完」。他的髮型成為樣版，髮絲整齊乾淨垂下，瀏海撥成兩邊，斯文靦腆，一點都不張揚。潮流所趨，當時青春期男生很少有人的頭髮不被剪成那樣。當我還不懂得什麼是愛的時候，便一再的聽到樂曲中的愛。等到一九九四年，我要離開高雄北上求學，郭富城在「渴望」專輯中還是唱著愛：「說聲我愛你，每當你狠狠踩過我的心。眼淚藏心底，不讓人看見我為你哭泣。再說聲我愛你，只希望一生一世一個你。」我喜歡盛世中的靡靡之音，台灣流行音樂的情情愛愛銘刻了一個欣欣向榮的時代。十多年之後，郭富城憑著收放自如的演技拿下影帝。我猜想，那時的他大概想不到會有這一天。我也沒想到，台灣會變成現在這樣。

誰會想到有這一天呢？當世界跟我們都改變，我們心裡還深信著，一定有什麼是永遠不會改變的。所以我說，如果真值得懷疑，就讓我陪著一起懷疑。

二〇〇一年我重返高雄居住，任教於蓮池潭畔的左營國中。

這之間，不斷的跨越界線，出發又回返。戀戀於這座海洋城市，我始終以他為傲，以作為這片土地的子民為傲。這是我的南方，我的青春我的港。彼與我相互係屬，有著一份不言自明的血脈之親。我以詩行追溯時光逝水，以及那源源不絕的血脈。海誓與海市諧音雙關，我用四十首詩做為容器，裝載我對這座海洋城市的情感。溯洄自己的青春，書寫自己的感情地誌，同時我也希望在其中承接時代的重量。西子灣、蓮池潭、城市光廊、柴山、愛河、旗津、雄中……這些重要地點，是我關注的核心，也有伊與我一起走過的痕跡。在這些地方，有情感的生發，有微小事物帶給我的體驗。我始終願意，在書寫中安放自己的靈魂。除此之外，我把十幾首東海岸的生活景致也放進來。人只能帶著自己過生活，我至此又更加明白。

即使當下我已經遠離又遠離，然而我的生命，正因為曾經擁有這些美麗的陪伴顯得豐厚。對於以往的一切，我實有所愛。
因此不想忘卻，不忍任其消失……

二〇〇七年十二月十六日，淡水

國家圖書館出版品預行編目 (CIP) 資料

海誓／凌性傑作 .-- 初版 .-- 臺北市：麥田，城邦文化出版：家庭傳媒城邦分公司發行，2017.11

面；公分 .--（麥田文學；303）

ISBN 978-986-344-506-7（平裝）

851.486　　106018075

麥田文學 303

海誓

作者　凌性傑
責任編輯　張桓瑋
國際版權　吳玲緯　蔡傳宜
行銷　艾青荷　蘇莞婷　黃家瑜
業務　李再星　陳美燕　杻幸君
副總編輯　林秀梅
編輯總監　劉麗真
總經理　陳逸瑛
發行人　凃玉雲
出版　麥田出版
城邦文化事業股份有限公司
104 台北市民生東路二段 141 號 5 樓
電話：(886) 2-2500-7696
傳真：(886) 2-2500-1966、2500-1967
發行　英屬蓋曼群島商家庭傳媒股份有限公司城邦分公司
104 台北市民生東路二段 141 號 2 樓
書虫客服服務專線：(886)2-2500-7718、2500-7719
24 小時傳真服務：(886)2-2500-1990、2500-1991
服務時間：週一至週五 09:30-12:00．13:30-17:00
郵撥帳號：19863813　戶名：書虫股份有限公司
讀者服務信箱 E-mail：service@readingclub.com.tw
麥田網址　http://ryefield.com.tw
香港發行所　城邦（香港）出版集團有限公司
香港灣仔駱克道 193 號東超商業中心 1 樓
電話：(852) 2508-6231　傳真：(852) 2578-9337
E-mail：hkcite@biznetvigator.com
馬新發行所　城邦（馬新）出版集團【Cite(M)Sdn. Bhd】
41, Jalan Radin Anum, Bandar Baru Sri Petaling,
57000 Kuala Lumpur, Malaysia.
電話：(603) 9057-8822　傳真：(603) 9057-6622
E-mail: cite@cite.com.my
封面設計　莊謹銘
內頁排版　陳采瑩
印刷　前進彩藝有限公司

2017 年 11 月 2 日 初版一刷
定價 350 元
ISBN 978-986-344-506-7

高雄市政府文化局書寫高雄出版獎助